哈囉！媽咪咪

|Aileen Wu / 圖 · 文|

天亮了！

準備上工，但我還沒睡飽 ZZZZ…

6

7

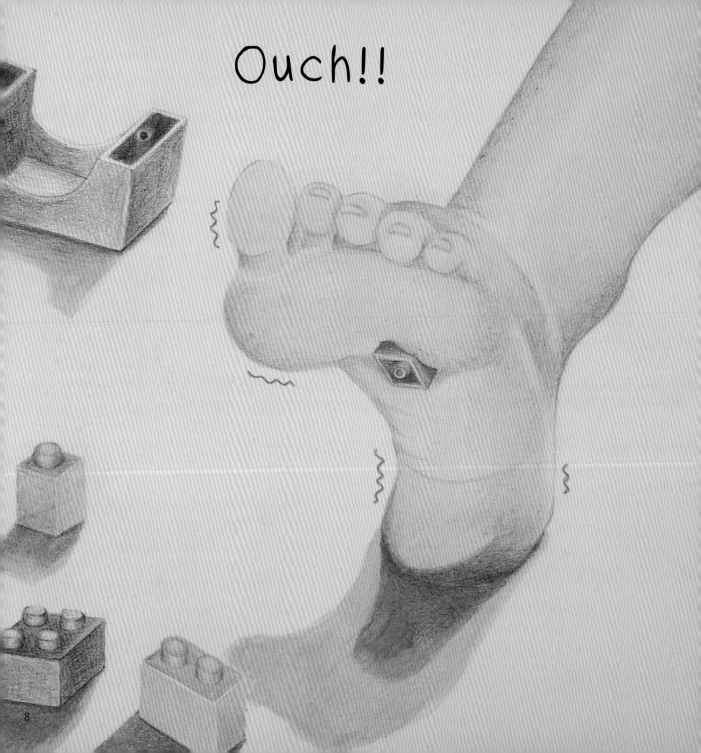

小獸們醒了！

11

「我出門囉！」

「跟爸爸bye bye！」

有時生氣 ......　　　　　　　　　　　　　　「哥哥坐好！」

有時開心 ……

「我們是媽媽的小幫手！」

17

有時無奈 ……

你們不要哭了，最想哭的是我吧！

這是以前的我，以前別人會叫我 _____

媽媽 媽媽 媽媽 媽媽
媽媽 媽媽 媽媽
媽媽 媽媽
媽媽
媽媽
媽媽

22

這是現在的我，
大家都直接喊我「哈囉！媽咪！」

原來，
家家戶戶都住著一個崩潰媽咪。

但同樣地，
媽咪們也在人生的新章節裡，
陪著孩子經歷每個第一次。

你們的調皮、你們的搗蛋，
媽媽都會陪伴。

「爸爸！」

「爸爸回來了！」

你們的晴天、你們的陰雨天，媽媽都在身邊。

這是一條細水長流的旅程，
我一定會每天甜甜的陪伴，
好好的跟你們在一起。

謹以此書獻給世界上所有偉大的媽媽：

育兒之路，是一段沒有捷徑的旅程。

是一段失去名字，失去自我，再重新認識自我、擴張自我，最後實現自我的旅程。

是一段陪伴著孩子走向遠離父母獨立的旅程。

這段路，是我們與孩子獨一無二，充滿愛的旅程。

作者‧繪者簡介 / Aileen Wu

從前在外商擔任合約管理經理，大兒子出生後決定成為全職媽媽，跟著乃森、純米與吶吶重新經歷童年。現為文字與插畫創作者，經營 FB 專頁「娃家的萬事萬物」及「娃家蒙式質感收納」。

媽媽，妳們還記得自己的夢想嗎？

當了四年多的全職媽媽，我細細品嘗也享受著育兒沿路的一切風景。
我懂了生命、懂了犧牲，但也感覺自己似乎失去了什麼。

有了家庭孩子後，媽媽們對自己的成就感和夢想，漸漸越看越輕。

感謝參與了「白蘭媽媽夢想勇敢 Go」計畫，在聯合利華及白蘭團隊、Impact Hub Taipei 的全力支持下，終於在好多好多年後，我勇敢重拾畫筆，在一打三的縫隙中，完成了「哈囉！媽咪咪！」。

這是一本獻給媽媽們的繪本。

希望我的勇敢，能鼓舞到更多媽媽，即便走走停停，也要走在那個讓妳更喜歡自己的路上；即便面對生活的難處，卻依然願意活出自身的追求，我們一起前行！

哈囉!媽咪咪

圖 ／ 文　Aileen Wu

校　　對　Aileen Wu

美術編輯　Sunny Pong　(Impact Hub Taipei)

發 行 人　吳志芳

出　　版　吳志芳

台北市內湖區行善路 333 巷 80 號 8 樓

經銷代理　白象文化事業有限公司

412 台中市大里區科技路 1 號 8 樓之 2(台中軟體園區)

出版專線:(04)2496-5995　傳真:(04)2496-9901

401 台中市東區和平街 228 巷 44 號(經銷部)

購書專線:(04)2220-8589　傳真:(04)2220-8505

印　　刷　基盛印刷工場

初版一刷　2022 年 10 月

定　　價　299 元

I S B N　978-626-01-0426-9